Lyra Selene est née lors d'une nuit de pleine lune, et la lueur de l'astre s'est à jamais imprimée dans son regard. Tout au long de son enfance, elle s'est nourrie de mythologie, de folklore et de Fantasy. Elle écrit désormais des histoires pleines de magies sombres, d'amours interdites et de paysages inquiétants. Elle vit en Nouvelle-Angleterre avec son mari, leur fille et leur chien dans une ancienne ferme qui est peut-être hantée. *Une plume si noire* est son premier roman destiné à un public adulte.

Ce livre est également disponible
au format numérique

www.milady.fr

Lyra Selene

Une Plume si Noire

Les Portes de Tír na nÓg – tome 1

Traduit de l'anglais (États-Unis) par Camille Noyer

Milady

Milady est un label des éditions Bragelonne

Titre original : *A Feather so Black*

Directeur : Antoine Béon
Directrice de la publication : Claire Renault Deslandes
Éditrice : Sonia Mennour
Directeur artistique : Fabrice Borio
Fabricante : Audrey Manzano

ISBN : 978-2-8112-3659-5

Bragelonne – Milady
58, rue Jean Bleuzen – 92170 Vanves

E-mail : info@milady.fr
Site Internet : www.milady.fr

À tous ceux qui ont un jour craint de ne pas être
le personnage principal de leur propre histoire.

Vous l'êtes.

PREMIÈRE PARTIE

L'ENFANT VOLÉE

Là où le clair de lune ondule
Sur les sables gris sombre
Loin, au bout de Rosses,
Nous valsons toute la nuit
Tressant d'antiques danses
Entremêlant nos mains et nos regards
Jusqu'à ce que la lune s'enfuie.
(…) Viens, enfant des hommes !
Vers les eaux et le mystère,
Main dans la main avec une fée,
Car ce monde contient trop de larmes que tu ne peux comprendre.

W.B. Yeats, *L'Enfant volé*

CHAPITRE PREMIER

Gort – « Le lierre »
Automne

Je n'aurais jamais dû boire ce vin de mûres. Le breuvage violet se répandait dans mes veines et me piquait la nuque de ses épines acérées. J'avais cru qu'il me calmerait, qu'il m'aiderait à me concentrer sur ma tâche, mais c'était l'inverse qui s'était produit. Je me sentais agitée et distraite, frémissante de nervosité. J'affermis ma prise autour de ma coupe, luttant contre les ronces qui menaçaient de jaillir du bout de mes doigts.

Je ne pouvais m'en prendre qu'à moi-même pour avoir bu pendant que je travaillais.

— Encore un peu de vin ?

Connla Rechtmar, le prince de Fannon, se pencha en avant sur son siège recouvert de fourrure. Brandissant une carafe de liquide mauve, il me décocha un sourire enthousiaste.

— Ou faut-il que je vous offre quelque chose de plus fort pour vous convaincre d'ôter cette cape sous laquelle vous vous cachez ? dit-il.

Le vin me monta au visage et je me retins de rougir, non d'embarras mais de fureur. Il osait s'adresser à moi comme à une fille de joie effarouchée ? J'aurais pu lui briser la nuque sans aucun effort.

Mon sang échauffé par la boisson battait sourdement entre mes oreilles, assoiffé de violence.

Je me rappelai que Connla ignorait ce dont j'étais capable. Et, si j'avais un peu de jugeote, cela continuerait ainsi.

Il faisait trop chaud dans la tente, où un feu flamboyant luttait contre la fraîcheur de cette fin d'automne. J'aurais préféré avoir froid : la morsure du gel m'aurait gardée en alerte. Je m'efforçai de passer en revue les étapes de ma mission malgré la confusion qui enfiévrait mes pensées.

Un : atteindre la carafe de vin.

Deux : droguer le vin.

Trois : une fois Connla inconscient, l'étouffer dans son monticule de fourrures luxueuses (si j'en ai le temps).

Quatre : trouver le darrig prisonnier du prince.

Cinq : ramener la maudite créature à ma mère.

Je pris une inspiration et pressai mon pouce contre le bracelet que je portais au poignet, un cercle tissé de sumac vénéneux, d'orties et de ronces. Il s'enfonça dans la bande de peau à vif en dessous. L'éclair de douleur qui suivit fit taire le grondement de mes pensées.

Je défis la boucle de ma lourde cape de laine et laissai tomber cette dernière au sol avant que ma peau se hérisse d'épines acérées. Sans le vêtement, l'air était délicieusement plus frais sur mes bras nus et mes clavicules. Je jetai un coup d'œil à Connla à travers mes cils, jaugeant sa réaction face à ma tunique, ou plutôt à ce qu'elle dévoilait. La soie vert forêt qui tranchait sur ma peau pâle ne cachait rien de mon corps, et les bretelles fines étaient inutiles tant j'avais serré le corsage afin d'accentuer mes modestes courbes et la finesse de ma taille. Quant à la longue fente de ma jupe, elle laissait peu de place à l'imagination.

L'effet fut celui escompté : Connla écarquilla des yeux assombris et changea de position sur son siège. Je me retins de frissonner sous son regard luisant d'une excitation vulgaire. En vérité, j'aurais aussi bien pu porter un sac de jute ou quelques feuilles de chêne habilement disposées. Connla me désirait, avec ou sans robe moulante, et j'en étais consciente depuis ce matin-là.

Cela faisait deux semaines que tous les vice-rois et les nobles de Fódla avaient établi leurs campements près de Rath na Mara – la capitale de la haute reine – pour prendre part aux Áenach Tailteann, des jeux funéraires célébrant les rois défunts de Fódla. Cette année, l'assemblée honorait le vice-roi d'Eòdan et couronnerait son héritier.

Les premiers jours, la haute reine Eithne Uí Mainnín – ma mère adoptive – avait présidé à la création de nouvelles lois. Un grand bûcher funéraire avait suivi en hommage au roi. Ensuite, les jeux avaient commencé, une série d'épreuves physiques et mentales qui donnaient aux jeunes guerriers et aux poètes l'occasion d'exhiber leur force, leur courage et leur esprit.

Connla Rechtmar avait représenté la maison de son père dans plusieurs catégories : tir à l'arc, course de chevaux et duel. Il l'avait emporté chaque fois. Un sacré coup de chance étant donné sa paresse et sa lenteur qui, même pour un prince, étaient impressionnantes.

Mère ne m'avait pas autorisée à participer. Non, j'étais son secret, son instrument. Son arme. Étaler mes compétences devant ses nobles ne lui aurait servi à rien : j'étais censée les espionner, dévoiler ce qu'ils cachaient, traquer leurs faiblesses. Aussi demeurai-je, comme toujours, à son côté dans sa loge, vêtue d'une robe simple et arborant un air timide. La pupille favorite de la reine, une petite souris étrange et muette.

C'était là que Connla m'avait remarquée. J'avais l'habitude de sentir des regards sur moi, car, même si je paraissais aussi vertueuse qu'obéissante, les rumeurs ne cessaient pas. Il y en avait toujours : sur mes origines, sur mon apparence, sur l'intérêt si spécial de la reine à mon égard. Mais la curiosité de Connla était différente et traduisait un genre d'attention doucereuse que je ne trouvais pas particulièrement flatteuse. Alors que j'envisageais de lui adresser un discret doigt d'honneur à travers l'arène, Mère s'était penchée vers moi et avait fait semblant de replacer une boucle de cheveux noirs sous mon voile.

« Le fils de Rechtmar te désire », avait-elle murmuré, trop bas pour que les autres membres de l'assistance l'entendent.

« J'ai remarqué, avais-je grommelé avant d'ajouter : Puis-je le tuer pour ça ? »

« Pas question, avait-elle répliqué en souriant presque. Cathair ? »

Ollamh Cathair, druide, premier conseiller et amant de longue date de la reine, avait quitté sa place derrière elle. Il s'était glissé sur le banc à côté de moi tandis que Mère avait de nouveau tourné son attention vers l'épreuve de tir à l'arc en contrebas. Cette proximité forcée avait refroidi mon effronterie, mais je m'étais forcée à n'en rien laisser paraître.

Cathair était un homme d'âge moyen, mince et d'allure ordinaire. Son apparence bénigne était sa plus grande duperie. Lors des onze années précédentes, il avait été mon maître dans bien des domaines. Légendes. Codes secrets. Poisons. Espionnage. Mais, avant tout, il m'avait appris à ne jamais, au grand jamais, laisser voir à un ennemi l'étendue de ma haine.

« Fannon a eu une chance extraordinaire au cours des escarmouches à ses frontières cette année, avait-il marmonné. Des crues soudaines balayant les troupes ennemies, des arbres tombés bloquant les convois de ravitaillement… Ce genre de choses. Mes informateurs les soupçonnent d'avoir capturé un *darrig.* »

Bien que les faes trouvent des moyens de se glisser dans notre monde, il était expressément interdit d'entrer en contact avec les membres du Peuple. Garder un *darrig* était un acte de trahison, car cette créature semblable à un gnome pouvait prédire des événements qui n'étaient pas encore advenus et affecter le déroulement de phénomènes simples. La chute d'un arbre, par exemple. Ou le sens d'une crue. Ou encore l'issue d'un affrontement à l'épée au cours d'un tournoi.

« Vous pensez que Connla détient le *darrig* ? » avais-je deviné, sans lâcher des yeux le prince en question.

Il était occupé à célébrer sa prétendue chance en descendant nonchalamment des bières.

« Le vieux Rechtmar a fait son temps, m'avait expliqué Cathair. Connla est son héritier, son conseiller de guerre et le capitaine de ses *fianna*. Si quelqu'un l'a, c'est Connla. Capture la créature pour nous, veux-tu ? »

« Vous voulez dire, exécute-la, avais-je rétorqué en jetant un coup d'œil vers la reine. Non ? »

« Pas cette fois, avait-il dit. Nous avons besoin de la créature. »

Son visage exprimait le genre de détermination funeste que j'avais appris à ne pas interroger.

J'avais dissimulé ma surprise. Mère n'avait que mépris et méfiance pour les faes, qui avaient autrefois régné sur ces terres en dieux. Ces êtres cruels, imprévisibles et violents n'appartenaient pas au monde des humains. Vingt ans plus tôt, ils avaient assassiné le haut roi, l'époux de Mère, à l'occasion d'une visite diplomatique. Cette exécution injustifiée avait déclenché la guerre des Portes. Le combat avait été brutal et sanglant, jusqu'à ce que le Peuple y mette brusquement fin en enlevant douze filles humaines, dont la dernière était la propre fille de la reine.

Jamais Mère n'utilisait les membres de ce Peuple fourbe à ses propres fins. Exception faite de moi, l'enfant changeling qui avait été laissée à la place de sa fille douze ans plus tôt. Mais, après avoir fait partie de la famille royale tout ce temps, j'étais désormais bien plus humaine que fae, et c'était de mon plein gré que j'accomplissais mon devoir envers Mère.

Y compris aujourd'hui.

J'avais ramené mon attention sur Connla, qui me dévisageait toujours intensément en contrebas.

« Comment suis-je censée mettre la main sur le *darrig* ? »

« Tu m'as déjà démontré tes talents tactiques, petite sorcière. Et tu as développé un certain don pour les subterfuges, avait répliqué Cathair d'un ton sardonique, mais, en matière de séduction, on ne peut pas dire que tu aies fait tes preuves. »

L'idée ne m'avait pas vraiment enthousiasmée, mais, si c'était la volonté de Cathair – et donc, par extension, de Mère –, alors j'obéirais.

Voilà pourquoi j'étais là, un peu ivre, transpirant dans une robe qui ne cachait pas grand-chose pendant qu'un prince trop bien nourri me faisait signe d'approcher plus près de ses doigts avides. De nouveau, je réprimai un frisson de dégoût.

Je me rappelai que ce visage ne m'appartenait pas. Ni ce corps, d'ailleurs. Quelle importance si je m'en servais comme outils, comme armes ? Ils n'étaient rien d'autre que ce que j'en faisais.

Un sourire plaqué sur les lèvres, j'avançai vers Connla en ondulant des hanches plus que nécessaire. Il tapota sa cuisse et je m'assis sur ses genoux, serrant les dents lorsqu'il glissa une main autour de ma taille.

— Oui, plus de vin, c'est exactement ce qu'il nous faut, murmurai-je en me penchant vers lui. Mais me permettrez-vous de vous servir cette fois, mon prince ?

Je tendis le bras vers la carafe. Connla interrompit mon geste en m'agrippant le poignet. Il me parcourut de haut en bas, les yeux brillant de malice.

— Je ne m'attendais pas à recevoir un message de votre part ce soir, ma dame, souffla-t-il, son haleine chaude et aigre sur ma joue. Ni à vous voir débarquer dans ma tente, à moitié dévêtue et assoiffée de vin.

— Je ne sais que vous dire, répliquai-je, la mâchoire serrée derrière mon sourire. J'étais incapable de vous quitter des yeux. Et il est si difficile de trouver une boisson digne de ce nom à Rath na Mara.

— Peut-être. Ou peut-être aviez-vous une autre idée en tête, dit-il, les yeux étincelants. Voyez-vous, après avoir reçu votre étonnant message, j'avoue en avoir parlé à quelques hommes du coin. Je me suis peut-être même un peu vanté. Et ce qu'ils m'ont raconté à votre sujet s'est révélé… intéressant.

Il serra mon poignet de plus belle, projetant une vague de douleur dans mon bras.

— Vois-tu, Fia Ní Mainnín, tout le monde dit que tu n'es pas vraiment une cousine de la reine. On raconte que tu es une petite sorcière. Une *cailleach*, imagine ça. (Sa voix prit une inflexion désagréable.) Bon, j'ai déjà couché avec une sorcière ou deux par le passé, et ça m'est bien égal, mais on raconte aussi que tes pouvoirs viennent du Peuple. Que tu es une changeling.

Merde!

— « Une changeling » ? répétai-je avec un rire forcé légèrement trop aigu. Le vin a dû troubler votre esprit, mon seigneur. Je suis la pupille de la reine.

— Je sais ce que j'ai entendu, rétorqua-t-il, implacable. Tu es contre nature. Regarde-toi, avec tes cheveux noirs comme les abysses, tes yeux dépareillés qui donneraient des cauchemars à n'importe qui. Tu es si petite qu'on pourrait te briser comme une brindille dans la forêt. Je suis prêt à le parier, tu es une saleté de changeling. Où est-ce que la haute reine t'a trouvée ? Comment fait-elle pour te garder et que dois-je faire pour t'arracher à elle ?

Je me figeai en sentant la menace – la faim – dans la voix de Connla. Il resserra la main sur mon poignet. Mes options se réduisaient de seconde en seconde. Les ronces dans mes veines me démangeaient furieusement, et je me vis, avec une clarté douloureuse, enrouler les doigts autour de sa gorge et l'étouffer avec des épines. Remplir sa bouche de feuilles tranchantes, ses yeux de mûres humides jusqu'à ce qu'il soit rendu à la terre sous la forme d'un épais buisson rampant, hérissé de ronces et de mûres.

Ce serait si facile.

Mais Mère mangerait mon foie au petit déjeuner si j'employais sans son aval la Marque verte contre l'héritier d'un vice-roi. Avec plus de volonté que je pensais en posséder, je me calmai.

Ses paroles s'attardèrent tout de même dans mon esprit, y laissant une empreinte cuisante.

« Tu es si petite qu'on pourrait te briser comme une brindille dans la forêt. »

Ces mots m'irritaient, même s'ils étaient en partie vrais : j'étais petite. Je l'avais toujours été. J'avais neuf ans quand Mère m'avait confiée, moi qui étais minuscule même pour mon âge, à ses maîtres d'armes afin qu'ils m'apprennent l'équitation, le tir, la lutte et l'escrime. J'étais incapable de manier le type d'arc long utilisé par les *fianna* de Mère, je ne pouvais pas atteindre le dos de leurs immenses étalons et je ne parvenais même pas à soulever les larges *claimhte* droits que portaient les fiers *fénnidi* au combat. Aussi avais-je façonné mes propres arcs à partir de jeunes arbres de la forêt. Je m'étais enseigné seule l'art de monter à cru sur les poneys des marais, rapides mais trop petits pour des adultes, l'art de me battre tout en vitesse et en ruse, une dague dans chaque main. Même maintenant, à vingt ans, je restais plus petite que la moyenne, et des entraînements rigoureux ainsi que des combats quotidiens entretenaient ma silhouette svelte.

Néanmoins, la taille ne faisait pas tout. La hauteur d'un arc ne vaut rien sans la précision de l'archer. La foulée d'un cheval ne compte pas s'il refuse de galoper. La longueur d'une épée a moins d'importance que le tranchant de son fil.

J'étais menue. J'étais une changeling, même si j'aurais préféré mourir plutôt que l'admettre devant ce prince, mais j'étais également rapide et féroce et m'étais entraînée sans relâche.

Au diable ma robe légère et la ruse. J'allais devoir faire les choses à ma façon.

Sans avertissement, je projetai ma main et saisis Connla par le biceps, au-dessus du coude. Il poussa un grognement et relâcha sa prise sur mon poignet. Je libérai ma main et lui décochai un coup de poing en plein visage. Étourdi, il me poussa de ses genoux. Du sang ruisselait sur son menton et gouttait sur le tapis précieux à ses pieds.

— Salope ! haleta-t-il.

— Salope, sorcière, répliquai-je avec un haussement d'épaules, peu m'importe, mais ne m'appelle plus jamais changeling.

Je l'escaladai comme une échelle avant qu'il ait le temps ne serait-ce que de serrer le poing. Enroulant les deux bras autour de sa tête, je balançai les jambes autour de son cou – ma robe se déchira de façon audible – et me rejetai en arrière. Mon poids entraîna Connla au sol, cul par-dessus tête. Il atterrit lourdement sur le dos, la respiration coupée.

Je me réceptionnai en douceur et m'accroupis au-dessus de lui, les coudes sur les genoux, pour contempler son visage ensanglanté.

— Dis-moi où est le *darrig*, exigeai-je.

Il mit longtemps à reprendre suffisamment son souffle pour me répondre :

— Non.

— D'accord, lui dis-je. Je trouverai cette misérable créature moi-même.

Je cognai son crâne contre le rebord du brasero. Il roula des yeux et sa tête s'affaissa sur le côté.

L'espace sous la tente était vaste, mais pas sans fin. Il n'existait pas mille endroits où cacher un fae, encore moins un fae prisonnier. Je le trouverais quelque part à l'abri du clair de lune qui conférait de la puissance aux êtres comme lui. Dans une cage de fer, un métal qui sapait leurs forces. Je passai outre le lit avec ses épaisses fourrures, dont l'usage n'était que trop clair, et me tournai vers le coffre de Connla.

Il était verrouillé, évidemment. J'aurais pu le forcer, mais le temps m'était compté. Connla ne resterait pas inconscient très longtemps.

J'approchai la main du mécanisme, puis hésitai.

« Petite sorcière. »

Quand j'avais dix ans, j'avais trouvé un hérisson blessé à l'orée de la forêt. Je l'avais emporté dans ma chambre et caché sous mon lit. Je l'adorais. Je l'avais soigné et nommé Pomme-de-pin. Mais je l'avais trop laissé s'approcher de moi. Un jour, je m'étais endormie en le gardant contre ma poitrine, sous ma tunique. À mon réveil, ma magie m'avait ôté Pomme-de-pin. Il n'en restait qu'un peu de terre et de sang, mêlés de sève et d'aiguilles de sapin.

Certaines personnes, Mère en particulier, considéraient ma magie comme un don. Moi, je savais qu'il s'agissait d'une malédiction. Elle ne donnait jamais rien, elle ne faisait que prendre.

Mon sang palpita dans la paume de ma main, noir d'ombre et bouillant de vin. J'hésitai encore une seconde avant de fermer les yeux. J'imaginai d'épaisses ronces chargées de fruits sombres et ornées d'épines acérées. Lorsque j'ouvris les yeux, la plante s'était insinuée dans le mécanisme.

Le métal grinça, ploya… claqua… et j'ouvris le coffre.

À première vue, il paraissait rempli d'un fouillis de branches. Puis je clignai les yeux et distinguai le *darrig*, une créature courbée et brisée, dotée d'un corps pareil à une souche, de membres semblables à des branches tortueuses et d'yeux ressemblant à des galets humides. La cage dans laquelle Connla l'avait enfermé était trop étroite : le *darrig* n'avait pas la place de plier les jambes sans toucher le métal, et, sur sa peau d'écorce, des brûlures hideuses rivalisaient avec des hématomes. Une odeur écœurante de bois brûlé et de paille pourrissante s'échappait du coffre.

— À l'aide, croassa la créature.

J'eus un élan de compassion, en contradiction avec l'objectif de ma venue. Le *darrig* avait beau être une créature malfaisante et fourbe de Tír na nÓg, même un monstre ne méritait pas le traitement que Connla lui avait infligé. Ne méritait pas d'être fourré dans une cage minuscule, battu et affamé.

Je maîtrisai mes émotions. La guerre des Portes avait vu le règne du métal et du sang, des cauchemars et des peurs volées. Elle avait pris d'innombrables vies. Elle était peut-être officiellement terminée, les Portes fermées et enterrées, les vastes *fianna* de Mère dispersés, mais elle ne s'était jamais achevée. Elle se jouait seulement sur d'autres terrains.

Je me détournai de la créature, cherchant l'endroit où j'avais laissé tomber ma cape. J'avais besoin de pouvoir enrouler quelque chose autour de la cage afin de…

Je sentis des doigts aussi cassants que des brindilles autour de mon poignet et fis volte-face. Le *darrig* avait glissé son bras parcheminé à travers les barreaux de sa prison, sans prêter attention au métal qui lui brûlait la chair. Il était étonnamment fort. Je secouai mon bras, dégoûtée, mais il se cramponna à moi avec une sombre détermination.

— À l'aide, répéta-t-il, une inexplicable lueur d'espoir brillant dans ses yeux insondables. Répare le cœur brisé. Mets fin au chagrin. Donne ce qui reste de la vie, que nous puissions voir le matin.

Je tirai sur mon bras, mais la chose refusait de me lâcher.

— Qu'est-ce que tu racontes ? Tu me demandes de t'achever, c'est ça ?

Un bruit sourd derrière moi couvrit la réponse de la créature. D'une main, quelqu'un saisit une des tresses de mon chignon et tira brusquement ma tête en arrière. Les yeux larmoyants, je vis Connla qui me surplombait. Il passa le bras autour de mon cou et exerça une pression dessus, envoyant des pointes de douleur depuis ma gorge jusqu'à mon crâne.

— Bâtard sans honneur, articulai-je.

J'avais sérieusement sous-estimé le temps qu'il mettrait à récupérer.

— Changeling vicieuse, grogna-t-il.

Ma vision devint floue.

Saisissant son coude, je pivotai soudain et parvins à rompre sa prise. Je glissai une main jusqu'à son poignet, sans lâcher son coude de l'autre, et rabattis son bras dans son dos. Il cria, penché en arrière pour éviter que je lui casse le membre en question. Un coup de pied le mit à genoux, un autre le renvoya au tapis.

Cette fois, j'étais en colère. Je me jetai sur lui et enroulai les jambes autour de ses bras et de son torse. D'une main, je trouvai le manche de mon *skean* aussi effilé qu'un rasoir, et, depuis l'autre, logée dans le creux de la gorge de Connla, ma transformation commença. Mes veines virèrent au vert et une dentelle de feuilles crantées apparut sur ma peau. De petites épines, aussi aiguisées que celles des mûriers, hérissèrent ma paume et le bout de mes doigts. Un filet de sang ruissela le long du cou de Connla et sa gorge se contracta tandis que la peur embrumait son regard. Une partie de moi me hurlait de le relâcher, de repousser la fureur qui agitait mon sang.

Mais c'était trop tard.

Je n'avais pas eu l'intention de le tuer au début. Maintenant, si.

Des taches noires, rouges et vert vif dansaient derrière mes yeux. Je pointai ma lame vers sa gorge.

Puis je sentis des mains autour de mes épaules.

Je jurai. J'avais encore oublié de surveiller mes arrières.

CHAPITRE 2

Mon assaillant était fort, et je fus arrachée au corps étendu de Connla comme si j'étais une poupée de chiffon. Je me débattis et frappai dans la chair de mon adversaire, récoltant un grognement masculin. L'homme me tenait l'épaule, mais je pris l'avantage en l'attrapant par le poignet. D'un même mouvement, je pivotai sous son bras, saisis l'épais tissu de sa cape et visai sa gorge avec mon *skean*.

Il bloqua mon coup à l'aide d'un gantelet, ce qui envoya une décharge de douleur dans mon bras. Il referma la main sur celle avec laquelle je tenais sa cape et se pencha en avant.

— La joie est dans le frisson du combat, murmura-t-il, trop bas pour que Connla entende, d'une voix grave teintée d'un inexplicable amusement, pas dans la promesse d'une mise à mort.

Je me figeai. Cette voix ne m'était pas familière, mais ces mots si. Ils m'évoquaient une matinée voilée de brume, le terrain d'entraînement à l'aube. Des épées en bois qui s'entrechoquaient. La sueur froide le long de ma colonne vertébrale et mon souffle pareil à une lame dans ma gorge. J'avais treize ans et j'étais blême d'une colère légitime : mon adversaire, une nouvelle recrue dans l'un des *fianna* de Mère, m'avait battu près de dix fois d'affilée. Cependant, il l'avait toujours emporté de façon déloyale, soit en frappant mon poignet pour me faire lâcher mon *claíomh*, soit en visant mon cou pour me faire tousser, soit en me tirant les cheveux à m'en faire mal à la nuque. J'avais chaque fois jeté un coup d'œil à mon *rígfénnid* dans l'espoir qu'il intervienne en ma faveur, mais il ne regardait jamais quand mon adversaire trichait. La colère avait rempli mes veines de ciguë. J'avais finalement craqué et m'étais jetée sur le jeune homme. Délaissant mon épée de bois, je l'avais roué de coups de pied et de poing. J'étais résolue à le tuer, et jamais je n'avais été aussi satisfaite.

Quelqu'un m'en avait empêché – Rogan Mòr, prince de Bridei, l'un des pupilles nobles de Mère. Mon meilleur ami, de trois ans mon aîné. Mon unique confident.

Ce jour-là, il m'avait agrippée fermement jusqu'à ce que ma rage retombe et il avait murmuré ces mots à mon oreille, comme il le ferait de nombreuses fois par la suite : *« La joie est dans le frisson du combat, pas dans la promesse d'une mise à mort. »*

Mais Rogan était parti depuis des années.

La dernière fois que je l'avais vu, c'était encore un garçon dégingandé. À présent, son visage était celui d'un homme à la mâchoire carrée, aux lèvres pleines, aux sourcils épais. Néanmoins, je retrouvai le garçon que j'avais connu dans les ondulations de ses cheveux dorés, dans l'inflexion rieuse de sa bouche et la couleur de ses yeux, la même que celle de l'océan au pied de la colline de Bré.

Je lâchai sa cape. Non parce que je ne voulais pas le toucher, mais parce qu'au contraire j'en avais envie. Je m'obligeai à me rappeler que c'était lui qui était parti, quatre ans plus tôt.

Il ne t'est pas destiné.

— Petit prince ? laissai-je échapper à travers mes dents serrées. Au nom de la Morrigan, qu'est-ce que tu fais ici !?

Mon ton ne suffit pas à faire vaciller son sourire de vent chaud et de printemps verdoyant.

— Je te sauve les fesses, comme d'habitude. Ou plutôt les siennes.

Connla avait profité du fait que nous étions distraits pour reculer, escalader sa montagne de fourrures, claquer le coffre qui contenait le *darrig* et se jeter à l'extérieur de sa tente.

— Gardes ! s'époumona-t-il dans la nuit. Gardes !

La réaction qu'entraînèrent ses cris fut immédiate. Des exclamations résonnèrent à travers le camp, accompagnées du bruit métallique d'armes et des aboiements menaçants de chiens de chasse.

— Merde !

Je plongeai vers ma cape et, avec regret, jetai un coup d'œil à l'endroit où le *darrig* était caché. Peut-être avais-je encore le temps…

Mais un long *claíomh* affûté se trouvait désormais dans la main de Connla, qui bloquait la sortie. Du sang coulait encore de son nez, si bien que le sourire victorieux qu'il m'adressa était rouge et hideux.

Je passai rapidement en revue sa tente luxueuse. La toile en était neuve et épaisse : pas moyen de la couper avec mes seules dagues, et aucun *claíomh* ne pendait à la hanche de Rogan.

J'avais le sentiment que Connla préférerait me tuer plutôt que de me laisser passer.

Je n'avais donc qu'une seule option.

Je posai la main contre le tissu de la tente et fermai les yeux. Les fibres denses du chanvre étaient étroitement entrelacées. Inertes. Je me frayai un passage à travers le brouillard de vin violet et d'épines qui m'emplissait encore l'esprit, à la recherche d'une étincelle de vie, de croissance. Enfin, je trouvai un bout de vert. Un pâle rayon de soleil entre des rangées de plantations. Des feuilles en forme de peignes oscillant dans une brise moite. De la boue, de la pourriture et des vers de terre logés parmi les racines.

Le chanvre avait presque oublié ce que c'était que de pousser, que de vivre. Il avait été cueilli, macéré, peigné, filé et tissé. Il s'était habitué à être inanimé, mort. À n'être qu'une étoffe.

Mais on n'oublie jamais tout à fait sa vraie nature. Qu'on le veuille ou non.

Je m'emparai du chanvre, l'ancrai à mon propre sang envahi par la mousse. Le tissu prit soudainement vie. Le vert se répandit sur la toile, qui s'ouvrit en deux. Je franchis en courant l'ouverture bordée de feuilles ondoyantes, Rogan sur les talons, puis la refermai derrière nous. J'eus un pincement au cœur en sentant la réticence du chanvre à redevenir une simple étoffe.

Je laissai tomber ma main, puis jetai un coup d'œil à Rogan. Il eut une expression de malaise, qui s'effaça presque aussitôt.

— Et maintenant ? demanda-t-il.

Je serrai la mâchoire et levai les yeux. Perchés sur la tente voisine, plusieurs étourneaux nous observaient avec curiosité, leur plumage noir de jais presque invisible contre le ciel nocturne. Je leur fis signe, et ils se dispersèrent en vocalisant.

Tout n'était pas perdu ce soir. Je n'avais peut-être pas récupéré le *darrig* moi-même, mais je n'étais pas la seule espionne au service de la reine. Après l'humiliation que je lui avais fait subir, Connla serait tenu par l'honneur de se mettre à ma poursuite. Et, avec son *fiann* à ma recherche, sa tente resterait sans surveillance.

Les oiseaux-sorciers de Cathair feraient passer mon message.

— Maintenant ? je vais leur donner un peu de fil à retordre.

Je souris à Rogan, cédant à la pulsation de vie qui teintait mon sang de vert et d'or.

— Tu penses arriver à me suivre, petit prince ?

Les champs en contrebas de Rath na Mara étaient occupés par les vastes tentes rondes des quatre vice-rois de Fódla, de leurs gens et de leurs suites, mais elles ne constituaient pas le seul campement. Malgré l'épidémie dans le Sud et la famine dans le Nord, nombreux étaient ceux qui avaient fait le déplacement jusqu'à la capitale pour les jeux : des marchands, des mendiants, des bardes… Des fils de fermiers remplis d'espoir s'étaient munis de l'épée rouillée de leur grand-père. Les tentes, appentis et caravanes recouvraient la plaine, liés par un entrelacs de routes et de sentiers de fortune si labourés qu'ils se transformaient en bourbiers.

Cela nous ralentissait. Et, à chacun de nos pas, les hommes et les chiens de Connla se rapprochaient.

— C'est trop loin, dis-je en haletant.

Maintenant que nous étions accroupis derrière des latrines de fortune puantes, je perdais de mon assurance. Les hautes palissades de bois qui encerclaient Rath na Mara n'étaient qu'à quelques centaines de mètres, mais la cité improvisée où nous nous trouvions était un véritable labyrinthe. Je me tournai vers Rogan.

— Et si tu t'occupais de les distraire ? C'est moi que Connla poursuit, pas toi.

J'avais du mal à ne pas le dévisager. Je me délectais de tout ce qui m'était familier chez lui tout en lorgnant les changements. Et il y en avait beaucoup. Il s'était étoffé, pour commencer : ses bras, nus sous sa cape, arboraient des muscles épais, et ses épaules étaient bien plus larges que dans mes souvenirs.

— Moi ? répliqua-t-il avec un rire étouffé. Fannon déteste Bridei. S'ils me surprennent en train de rôder dans leur camp, ils m'arracheront un œil et diront à mon roi que c'était un malheureux accident.

Je regardai l'œil en question, dont le profond bleu-vert brillait même dans l'obscurité.

— Bonne remarque. Bien que tu n'aies pas vraiment besoin d'un second œil, ajoutai-je.

— J'aurais l'air tout à fait fringant avec un cache-œil.

Un chien aboya, dangereusement près. Un éclair de détermination traversa le visage de Rogan, et il entreprit de s'éloigner.

Dans la mauvaise direction.

— Où vas-tu ? sifflai-je à l'intention de son dos.

Il s'immobilisa.

— Est-ce que je nous ai déjà égarés ?

— Souvent, oui.

— Peut-être que j'ai changé.

J'ouvris la bouche pour rétorquer, mais des torches fumantes flambaient non loin et, l'espace d'un instant, je crus sentir la morsure de dents fantômes. L'idée de suivre le prince qui m'avait brisé le cœur à travers le campement d'un homme qui voulait ma mort ne m'enchantait guère, mais je n'avais pas d'autres choix.

Je me faufilai derrière Rogan.

Au bout de ce qui me parut être une distance infinie – tandis que les hommes de Connla gagnaient du terrain à chaque pas –, les tentes et les appentis commencèrent à s'espacer. La lueur d'un feu s'éleva devant nous. Nous approchions de bâtiments plus éparpillés : la hutte d'un fermier, depuis longtemps désertée, et ce qui ressemblait à une vieille grange. La lumière de torches traversait les fenêtres délabrées, accompagnée de rires et de chansons. Des hommes et des femmes chancelaient, ivres, autour d'un feu. Des tonneaux étaient empilés sous l'auvent de la hutte.

Une taverne improvisée ?

— Je ne crois pas que…

— Fais-moi confiance.

Rogan me tendit la main. J'hésitai avant de la saisir, tout en me traitant mentalement d'idiote.

Il me guida vers la hutte à travers la foule. Un étroit chemin, presque entièrement plongé dans l'ombre, la reliait à la grange. Il me poussa pour que je passe devant, puis jeta un coup d'œil derrière nous. Le *fiann* de Connla avait fouillé les dernières tentes et, des lueurs rouges dansant sur le métal de leurs armes, marchait droit vers le feu de camp. D'énormes chiens tiraient sur leurs laisses. Le *rígfénnid* s'adressa à l'un des ivrognes, qui fit « non » de la tête. Il désigna à ses hommes la pile de tonneaux. Je ravalai ma peur et tirai Rogan par la main afin d'accélérer le pas, mais il secoua la tête.

— C'est une impasse, murmura-t-il.

Mon cœur se mit à tonner dans ma poitrine.

— Alors pourquoi…

Par-dessus son épaule, l'un des hommes près des tonneaux pointa le doigt vers nous.

Rogan pivota vers moi. Il m'attrapa par la taille et me souleva comme si je ne pesais rien, puis il me plaqua au mur de tout son poids. Mon dos heurta la pierre. J'aspirai brusquement, m'agrippant à ses épaules pour me stabiliser. Je sentis ses muscles bouger sous mes paumes lorsqu'il fit glisser l'une de ses mains le long de ma jambe nue, la soulevant au niveau de sa hanche. L'armure de cuir qui couvrait son torse frotta l'intérieur de ma cuisse, et une pointe de chaleur s'alluma dans mon ventre et vibra dans mes veines, mêlée d'un début de panique.

— Qu'est-ce que tu fais ? soufflai-je.

Il leva son autre main vers mon visage, rabattant la capuche de ma cape sur mon front. Puis ses doigts se retrouvèrent sur ma joue et il pencha le visage vers mon cou.

— Tu me remercieras plus tard.

Ses lèvres effleurèrent ma gorge, ce qui fit grimper de délicates vignes incandescentes jusqu'à mon visage. Il avait le souffle court. Mon propre souffle avait le même rythme tandis que la nervosité, l'adrénaline et sa proximité obsédante faisaient s'accélérer mon pouls. J'enfonçai les doigts plus profondément dans sa cape, priant tous les dieux susceptibles de m'entendre pour qu'il ne s'agisse pas du plan le plus stupide jamais conçu par mon imbécile de prince. Mais j'avais du mal à me concentrer sur la menace qui pesait sur nous alors que son baiser taquinait mon cou, que ses grandes mains encerclaient ma taille et que la boucle de sa ceinture comprimait mon bas-ventre. Je déplaçai mon centre de gravité et m'accrochai à lui en enroulant une jambe au creux de son dos. Il laissa échapper un soupir rauque et fit glisser ses mains plus bas pour me saisir les fesses, puis il leva les yeux et rencontra les miens. Ses lèvres étaient si proches, et je…

Le bruit sourd de bottes frappant le sol fit se tendre tous les muscles de mon corps. Le grattement de griffes sur la pierre m'écorcha les oreilles. Le chuintement d'une lame qu'on tirait de son fourreau me glaça le sang.

Un rire gras et masculin s'éleva à cinq pas. Un sifflement moqueur. Sans décoller sa bouche de ma gorge, Rogan leva une main et fit un doigt aux gardes.

Qui éclatèrent de rire. Tirèrent sur la laisse de leurs chiens. Et, miraculeusement, s'éloignèrent.

Je fermai les yeux et les suivis au bruit – les pas lourds se rapprochèrent du feu de camp, puis les hommes en armure se bousculèrent dans la hutte bondée. Des cris d'agacement. Des conversations étouffées.

Puis – enfin – plus rien, à part de simples rires et chants, et le bruit de quelqu'un qui vomissait sa bière dans les ajoncs.

J'eus l'impression que Rogan mettait longtemps à me lâcher – et pas assez longtemps à la fois. Nous étions tous les deux essoufflés, et je tremblais du contrecoup de la peur, de l'adrénaline et du désir qui secouaient mes os. Rogan s'écarta de moi, mais laissa une de ses mains s'attarder sur ma taille. Les boucles de son armure avaient déchiré ma robe de soie, et sa paume était chaude à travers l'étoffe en lambeaux.

— Tu es fou, assenai-je.

Il haussa les épaules, nonchalant, alors que ses yeux, eux, trahissaient son soulagement.

— Mieux vaut être fou que mort.

— C'est discutable.

Le *fiann* de Connla s'était éclipsé, mais il ne tarderait pas à revenir.

— Il faut qu'on regagne le fort avant qu'ils fassent demi-tour, dis-je.

— Après toi.

La haute palissade qui entourait Rath na Mara était percée de portes fortifiées. Les gardes de nuit me laissèrent passer sans poser de questions – ils avaient juré allégeance à Mère et étaient habitués à me voir aller et venir à toute heure. Ils scrutèrent Rogan avec un peu plus de circonspection, mais lui permirent de me suivre à travers la cour et jusque dans la grande salle. Nous passâmes les portes voûtées, nos souffles courts résonnant entre les murs.

— Qu'est-ce que tu fais ici ? m'étranglai-je.

Il était tard. Mère avait festoyé avec ses vice-rois plus tôt. Des festivités, il ne restait que des carcasses, des bouteilles d'hydromel vides, une paille de jonc puante sous nos pieds et quelques ivrognes qui ronflaient aux coins de la pièce.

— Et, au nom de la Morrigan, ajoutai-je, qu'est-ce que tu faisais dans la tente de Connla ?

Rogan secoua ses cheveux dorés et dénoua sa cape à carreaux. La broche sur son épaule capta la lueur des bougies – une gemme fendue, polie à la perfection, de l'exacte couleur de ses yeux.

Non, pas une gemme. Un galet.

J'eus le souffle coupé. J'avais environ onze ans quand nous l'avions trouvé. Rogan et moi avions perdu de vue notre groupe lors d'une chasse à l'ours. Nullement déçus, nous avions passé ce chaud après-midi à traquer les lapins dans la forêt et à barboter dans le torrent tumultueux qui serpentait entre les arbres. C'était moi qui avais repéré la pierre – elle brillait, bleu-vert, aussi large que mon poing et traversée par une fine fêlure –, mais c'était Rogan qui en était tombé amoureux. La brandissant pour la faire étinceler, il avait prétendu qu'il s'agissait d'une émeraude enchantée venue de terres lointaines. Je m'étais moquée : nous étions trop âgés pour ce genre d'histoires extravagantes. Cependant, lorsque le soleil avait commencé à se coucher et que Rogan avait voulu me rendre la pierre, je lui avais dit de la garder.

« Peut-être qu'un jour tu auras besoin de l'émeraude enchantée pour rompre un maléfice fae, l'avais-je taquiné. *En plus, elle est assortie à tes yeux. »*

La vérité, c'était que je n'avais jamais été capable de refuser quoi que ce soit à Rogan Mòr.

Et voilà que, des années plus tard, il portait toujours mon cadeau comme s'il s'agissait d'un talisman.

Je serrai mon poignet sous ma cape, enfonçant le bracelet d'épines et d'orties plus profondément dans ma peau.

Il ne t'est pas destiné.

— Je suis arrivé à Rath na Mara plus tôt dans la soirée, me disait Rogan. J'étais censé présenter les hommages de mon père à la reine lors du banquet. Mais je t'ai vue – ou j'ai cru te voir – sortir par les portes. J'ai essayé de te rattraper, mais tu avais disparu. Et, honnêtement, je me suis un peu perdu. Je me suis retrouvé dans cette taverne, où nous…

Sa voix s'éteignit. Ses yeux s'assombrirent, et ce n'était sûrement pas à cause des chandelles qui faiblissaient sur la table. Une chaleur traîtresse se ficha dans mon ventre, teintée de méfiance.

Je dus me répéter que c'était lui qui m'avait laissée, quatre ans plus tôt. C'était son choix. Personne ne l'avait obligé à partir.

— Bref... j'avais soif. Dans la taverne, j'ai entendu des copains de Connla qui discutaient. Ils parlaient d'une sorcière, d'une changeling, d'un sale plan qui se préparait. J'ai cru que tu avais besoin d'aide.

— Tu te trompais.

— Je m'en rends compte maintenant, sourit-il. En vérité, c'est plutôt ce porc de Connla qui me doit la vie.

Un silence s'ensuivit.

— Par les genoux d'Amergin, Fia ! dit-il finalement en sifflant, tu as changé. Combien de temps ça fait ?

Je savais exactement combien de temps ça faisait, à l'heure, la minute et la seconde près, mais je n'allais pas le lui avouer. Le souvenir du jour où il était parti me hantait. Une fraîche matinée à la fin de l'été, où le ciel était bleu. La cour de Rath na Mara résonnant du bruit des sabots de son étalon noir comme la suie, un cadeau que Mère lui avait fait pour son dix-huitième anniversaire. Le *fiann* de Cairell Mòr, venu escorter son prince jusque chez lui. Et la main de Mère sur ma nuque, ses ongles m'éraflant la peau, juste assez pour me rappeler qu'elle avait raison depuis le début.

Les princes n'apportaient que des problèmes. Et personne – surtout pas Rogan – ne m'aimerait jamais plus qu'elle.

— Quatre ans, plus ou moins, répliquai-je nonchalamment. Qu'est-ce qui t'amène à Rath na Mara ? Mère sera mécontente d'apprendre que tu es revenu sans sa permission.

— « Mécontente » ? Tu veux dire qu'elle va faire de mon crâne un presse-papiers ? plaisanta-t-il avant d'ajouter : Je ne suis pas si stupide que tu le penses, changeling. C'est elle qui m'a convoqué.

Un fourbe espoir fleurit en moi à ces mots.

— Pourquoi ?

— Pour quoi d'autre ?

Son regard s'adoucit tandis que ses rêves s'y déployaient – des rêves que je connaissais déjà trop bien. Des rêves dont je n'avais jamais fait partie.

— La reine et son druide ont enfin trouvé la solution. Ils ont découvert un moyen de sauver la princesse et de la ramener.

La fin de sa phrase resta suspendue dans l'air entre nous.

« La ramener… pour qu'elle m'épouse. »

Rogan Mòr était promis à Eala Ní Mainnín depuis le jour où elle était née. Et, bien que j'aie été élevée par la mère d'Eala et que je porte son visage, je n'étais pas Eala. Je ne serais jamais Eala. Pas de la façon qui comptait.

J'étais faite de pierre, d'os et de pointes. Je n'étais pas destinée à épouser des princes. Les admirer, oui. Les désirer, oui. Peut-être même les accueillir dans ma couche.

Mais jamais les épouser.

— Il est tard, dit-il dans un bâillement. Je vais me coucher. Tu viens ?

Je déglutis, essayant de ne pas l'imaginer dans son lit.

— Si tentant que soit cette proposition, je crois que je préférerais me blottir contre l'ivrogne là-bas.

Rogan eut un ricanement forcé.

— Je parlais de ton lit, espèce de dévergondée, mais que ça ne te détourne pas de ton choix de compagnon si tu aimes le vomi.

Il me tourna le dos, et je le regardai s'éloigner peu à peu, jusqu'à ce qu'il disparaisse dans la salle enfumée. Les souvenirs s'emmêlaient dans mon esprit comme les branches d'un buisson de ronces : les mains de Rogan Mòr sur mes hanches, mes jambes autour de sa taille, ses lèvres sur ma gorge. Sa façon de m'appeler « changeling », qui me donnait l'impression d'être une chose précieuse, désirée, au lieu d'une cruelle créature de la forêt dotée d'un visage volé, d'une mère d'emprunt et d'un amour non réciproque.

Parce que, précieuse ou non, c'était bien là ce que j'étais. Qui j'étais. Une changeling.

Des douze filles enlevées par le Peuple, seule Eala avait été remplacée par une changeling. La première fille avait été échangée contre un paquet de brindilles emmailloté dans des langes, une poupée muette qui s'était effritée comme du bois pourri. Une autre avait disparu dans une prairie fleurie, où seul un essaim d'abeilles furieuses avait été découvert ensuite. Une mère avait porté son enfant à son sein et s'était retrouvée avec un marcassin affamé dans les bras.

Mais, à la place d'Eala, une petite fille avait été laissée. Une fille qui ressemblait trait pour trait à la princesse, à l'exception de ses cheveux couleur de nuit et de ses étranges yeux dépareillés.

Moi.

Je m'étais réveillée un matin dans un lit au matelas en plume, de la magie verte au bout des doigts, la forêt obscure au fond du cœur et sans aucun souvenir d'où je venais. J'étais aussi ébahie que la nourrice, qui ne m'avait jeté qu'un seul coup d'œil avant de se mettre à hurler assez fort pour réveiller tout le château.

Pendant des mois, Mère s'était attendue à ce que j'explose en une nuée de papillons, ou à ce que je me transforme en une pile de champignons pourrissants. Mais je restai moi-même, bien que personne ne pût dire pourquoi.

Je n'étais née dans aucun des royaumes humains. Je n'étais pas humaine.

Mais je n'étais pas non plus l'une de ces… créatures. Le fer ne me brûlait pas. Les baies de sorbier ne me rendaient pas aveugle. Je vieillissais et tombais malade comme les humains. Je ne vivais pas de rayons de lune et de pollen de fleurs : j'avais besoin de pain et de viande pour me nourrir.

J'étais à la fois trop humaine et pas assez, trop fae et pas assez, pour être acceptée où que ce soit.

Quoi que – qui que – je sois, ma place était ici désormais. Si le Peuple avait jamais eu un quelconque droit sur moi, il l'avait abdiqué lorsqu'il m'avait laissée en échange d'Eala Ní Mainnín. Les faes avaient enlevé une princesse et m'avaient abandonnée. Elle avait de la valeur, tandis que j'étais une chose qu'on troque sans y penser à deux fois et sans me demander mon avis. Pour cette raison, je les haïssais. Je les haïssais presque autant que je révérais la reine qui m'avait offert un foyer, qui m'avait élevée et donné un but, qui m'avait aimée comme sa propre fille. Et ce en dépit de l'humiliation constante qu'était mon apparence, un rappel perpétuel que les faes vengeurs qui m'avaient laissée à sa charge avaient également tué son mari et capturé son unique enfant.

Elle aurait pu m'exécuter. Même moi, je n'aurais pas pu l'en blâmer.

Je soupirai et redressai les épaules. J'aurais fait n'importe quoi pour Mère. Y compris aider l'homme que j'aimais à retrouver la femme qu'il devait épouser.

Ce livre est également disponible
au format numérique

www.milady.fr

Ce livre est également disponible
au format numérique

www.milady.fr

